El autobús abandonado apareció
una mañana entre el mar del tráfico,
justo delante de casa de Stella, donde
no tenía por qué haber ningún autobús.
Estaba destartalado y llevaba un cartel
en la parte delantera, escrito a mano
y pegado con cinta adhesiva.

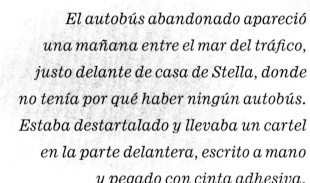

Ponía: «El Cielo».

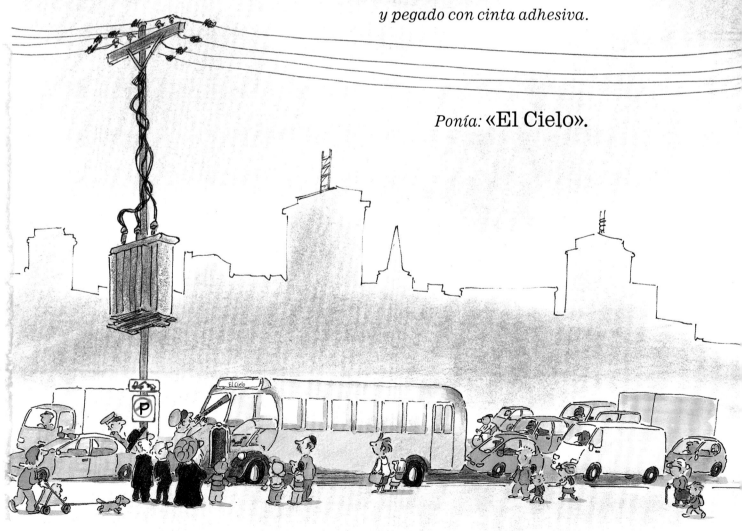

## Para Josephine y Alexander

Bob Graham nació en Sídney (Australia) en 1942. Ha escrito e ilustrado muchos libros infantiles, entre ellos *Max*, que ganó la medalla de oro del Nestlé Smarties Book Prize en el año 2000, *¿Cómo puede curarse una ala rota?* (Fundación Intermón Oxfam) y su último álbum ilustrado, *April Underhill, Tooth Fairy*, que estuvo nominado a la Medalla Kate Greenaway. Vive en Victoria, Australia.

Título original: *A Bus Called Heaven*
Autor e ilustrador: Bob Graham

Publicado por acuerdo con Walker Books Ltd,
87 Vauxhall Walk, London SE11 5HJ.

Copyright © 2012 Blackbird Design Pty Ltd.

Copyright de esta edición:
© Editorial Flamboyant S. L., 2012

Copyright de la traducción:
© Carlos Mayor, 2012

Corrección de textos:
Raúl Alonso Alemany

Primera edición: septiembre de 2012
ISBN: 978-84-939877-2-5

Impreso en China.

Editorial Flamboyant, S. L.
08013 Barcelona, España.

www.editorialflamboyant.com

# Un autobús caído del cielo

# BOB GRAHAM

El autobús cambió la calle de Stella. Por primera vez los coches
pasaban despacito. La gente se detenía y se ponía a hablar; solo
un poquito, pero al menos se contaban cosas.

Stella también cambió. Se sacó el dedo gordo de la boca, que era donde lo llevaba normalmente, y comentó:

—Mamá, este autobús escacharrado es como una ballena varada en una playa.

Abrió la puerta y subió.

Stella, blanca como el papel, echó un vistazo a las botellas,
las latas y la basura.

Estaba tan pálida que casi
no se la veía.

—Podría ser... nuestro —susurró.

—¿El qué? —preguntaron Nicky, Vicky, Alex, Yasmin y Po.

—¿Qué ha dicho? —quiso saber la señora Dimitros.

—¡Nuestro!

—repitió Stella, más alto.

—Bueno, me da igual de quién sea, pero no puede quedarse aquí en plena calle —aseguró la madre de Stella...

Luego, cuando su padre volvió a casa, por la tarde, se encontró
con que un autobús viejo ocupaba medio jardín.

—Las ruedas están en la acera —dijo—. Seguro que hay una normativa...

—Puede quedarse aquí —respondió Stella—.
Esa es mi normativa.

A la mañana siguiente, Stella miró por la ventana. Había gente sentada en el murete, cosa que no había pasado nunca.

Debajo del autobús estaban Esther, Rajit, Chelsea y Charles.
—Mamá, voy a salir —anunció Stella, y ni corta ni perezosa se fue con ellos.

Aquel día el autobús
se puso cómodo. La hierba
se adaptó a la forma de las
ruedas, los caracoles dejaron
su rastro plateado y unos
gorriones anidaron en el
motor estropeado.

Mientras los niños jugaban, los mayores fregaban,
quitaban el polvo y ordenaban.

Aquella noche alguien se puso a redecorar el autobús.

—¡Hola, chicos! —saludó la madre de Stella—. ¡Tengo una idea! Si venís mañana, podéis pintar todo el autobús. Lo dejaréis bien bonito.

A la mañana siguiente, Stella hizo un dibujo y las Ratas Callejeras
lo copiaron.

La gente empezó a regalar cosas para el viejo autobús.

Popi llevó su pez de colores, *Eric*.

Luke aportó un montón de tebeos.

Stella sacó su futbolín, al que le faltaba un portero.

La señora Stavros hizo un pastel en forma de autobús.

Y Lucy dejó a su perro,
que se llamaba *Osito*,
a todo el que quisiera
sentarse a acariciarlo.

El autobús destartalado volvió a la vida. Stella se puso a dar vueltas a los jugadores del futbolín.

Los bebés gateaban,　　　la gente reía,　　　los chicos se peleaban,

los abuelos rascaban a los perros,　　se colgaban anuncios,　　la gente se enamoraba

y los señores Fingle proyectaron las fotos de sus vacaciones.

Un sábado por la mañana, delante de la casa
de Stella, mientras sonaba la música y los
vecinos bailaban, comían en la hierba y reían,

apareció una grúa...

—¡No cumple la normativa! —anunció
el conductor—. Este autobús supone
una obstrucción.

—Quiere decir que está pisando
la acera —susurró el padre de Stella.

# —Tiene que irse de aquí

—dijo el señor de la grúa.

Cuando las ruedas delanteras
se despegaron del suelo, cayeron
caracoles de debajo del autobús y se
oyó un pío-pío dentro del viejo motor.

—Pero ¿adónde?

—exclamaron los vecinos, boquiabiertos.

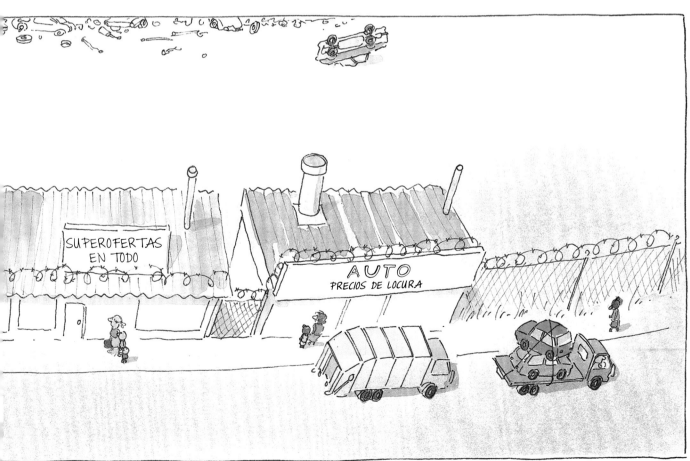

—Al DESGUACE

—fue la respuesta.

Los vecinos pidieron que les devolvieran el autobús, pero entonces salió el dueño del desguace, se puso al lado del conductor de la grúa y les enseñó algo.

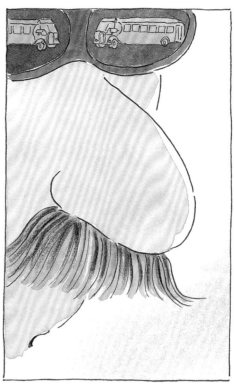

—¡Esto va directo a la COMPACTADORA!

A Stella se le pusieron las mejillas de color rosa. En el bolsillo llevaba
tres caracoles que había rescatado.

—Perdone —dijo—, ¿lo echamos a una partida de futbolín?

—Le dejo el único portero que hay... —añadió—, pero si gano nos quedamos
el autobús.

—Vamos a ver, ¿por qué iba a jugarme el autobús contigo?
—preguntó el dueño del desguace.

—Pues porque en el motor hay un nido de gorriones —contestó Stella.

Empezó la partida. Las barras giraron. El balón fue de un lado
a otro hasta que...

# ¡GOL!

Stella había marcado.

Tras ese gol metió nueve mas... ¡y ganó!
—Joe —dijo el dueño del desguace,
tendiéndole la mano.
—Stella —respondió ella, estrechándosela.

Entonces salió corriendo
hacia la parte de delante
del autobús.

—¡Venid todos a ver esto!

¡Polluelos!

Los papás gorriones agitaban las alas con fuerza.
Joe, el dueño del desguace, habló con calma:
—Lo mejor es que te lleves el autobús a un sitio tranquilo,
hija, donde no moleste a nadie.

—¡Gracias! —contestó Stella.

Y la gente se emocionó.

—¡Ya sé dónde podemos meterlo! —dijo entonces.

Mientras los demás empujaban, Stella y su madre se sentaron detrás del volante...

para volver prácticamente hasta el mismo sitio.

Y cuando el viejo autobús llegó a su destino, todo el mundo se echó a descansar. Bueno, casi todo el mundo...

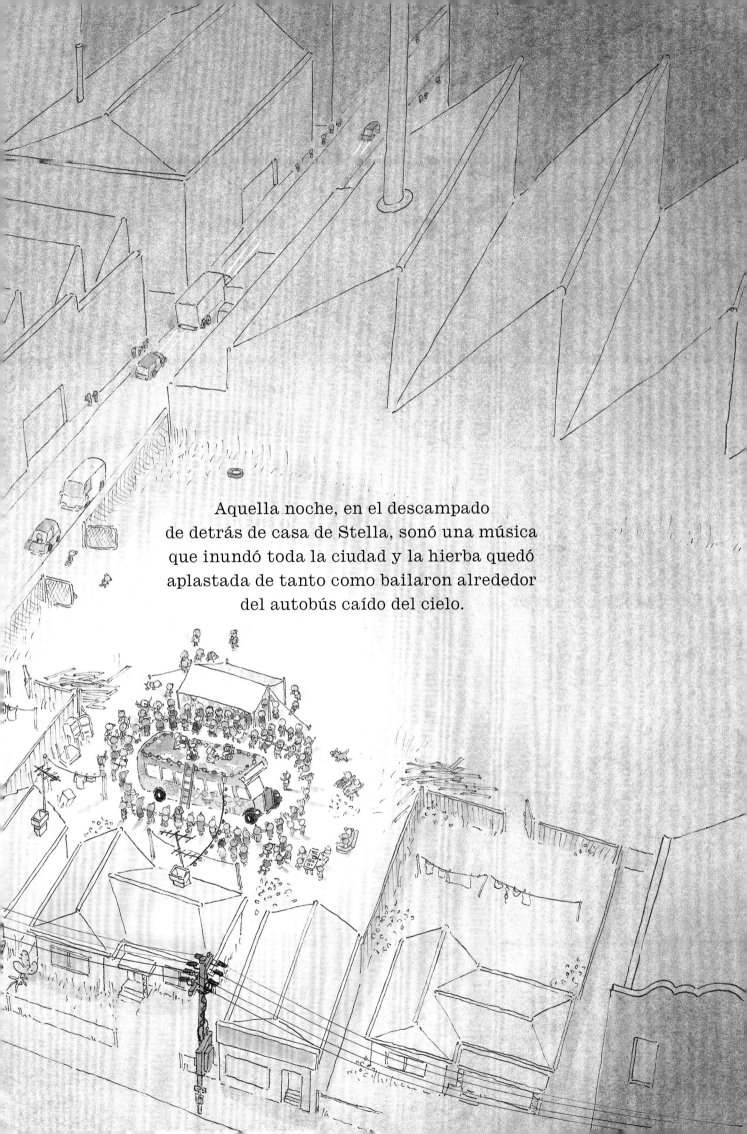

Aquella noche, en el descampado
de detrás de casa de Stella, sonó una música
que inundó toda la ciudad y la hierba quedó
aplastada de tanto como bailaron alrededor
del autobús caído del cielo.

*Ya se veía la luna en el cielo
cuando tres caracoles volvieron a meterse
tranquilamente debajo de las ruedas.*

*Y al día siguiente Stella vería
a los polluelos de gorrión
levantar el vuelo por primera vez.*